www.hmhbooks.com

The text of this book is set in Adobe Garamond.
The illustrations are watercolor.

Library of Congress Cataloging-in-Publication Data

Hapka, Cathy.
Margret & H. A. Rey's Merry Christmas, Curious George / written by Cathy Hapka;
illustrated in the style of H. A. Rey by Mary O'Keefe Young.
p. cm.
Summary: Separated from the man with the yellow hat while at a Christmas tree farm, Curious George
ends up at a hospital, where he delights the child patients with his own brand of tree trimming.
ISBN 0-618-69237-1 (hardcover)
[1. Monkeys—Fiction. 2. Christmas trees—Fiction. 3. Hospitals—Fiction. 4. Christmas—Fiction.] I. Title:
Margret and H. A. Rey's Merry Christmas, Curious George. II. Title: Merry Christmas, Curious George. III.
Rey, Margret. IV. Rey, H. A. (Hans Augusto), 1898–1977. V. Young, Mary O'Keefe, ill. VI. Title.
PZ7.H1996Mer 2006
[E]—dc22
2005025728

ISBN 978-0-547-74503-9 paper-over-board bilingual.

Manufactured in China
LEO 10 9 8 7 6 5 4 3 2
4500436796

MARGRET AND H. A. REY'S

Feliz Navidad, Jorge el curioso
Merry Christmas, Curious George

Escrito por
Written by Cathy Hapka

Ilustrado en el estilo de
Illustrated in the style of H. A. Rey

Traducido por
Translated by Carlos E. Calvo

por
by Mary O'Keefe Young

Houghton Mifflin Harcourt
Boston   New York

Éste es Jorge.
Jorge vive con su amigo, el señor del sombrero amarillo.
Es un monito bueno y siente mucha curiosidad por todo.

This is George.
He lived with his friend, the man with the yellow hat.
He was a good little monkey and always very curious.

Hoy, Jorge visitó un vivero de árboles de Navidad.

—Me puedes ayudar a elegir el árbol perfecto para casa —le dijo su amigo—. Quédate cerca de mí mientras miro.

Jorge le prometió portarse bien, pero a veces los monitos se olvidan...

Today George was visiting a Christmas tree farm.

"You can help me pick out the perfect tree for our home," his friend told him. "Keep close to me while we look."

George promised to be good, but little monkeys sometimes forget . . .

En el vivero de árboles de Navidad había más árboles de los que Jorge había visto en toda su vida.
The Christmas tree farm had more trees than George had ever seen.

Enseguida encontró uno muy bonito...
He found a very nice one right away . . .

pero luego descubrió otro...
But then another caught his eye . . .

y otro... y otro más.
. . . and then one more . . . and then another.

Jorge sintió curiosidad. ¿Cuántos árboles de Navidad podría haber?
George was curious. How many Christmas trees could there be?

Jorge no pudo resistir la tentación de trepar al árbol más alto para poder ver todo el panorama. Buscó al señor del sombrero amarillo. Pero no veía a su amigo por ningún lado.

Dos hombres llegaron al claro.

—¡Ése es nuestro árbol! —dijo uno de ellos.

Los hombres cortaron el árbol y lo cargaron en un camión...

George could not resist climbing up the tallest tree to get a better view. He looked for the man with the yellow hat. But his friend was nowhere in sight.

Two men tromped into the clearing.

"There's our tree!" one man told the other.

The men cut down the tree and loaded it onto a truck—

¡junto con Jorge! Jorge se agarró con todas sus fuerzas. Mientras el camión se alejaba Jorge vio al señor del sombrero amarillo, pero el camión iba muy rápido. Jorge no podía saltar. Estaba asustado... pero aún sentía algo de curiosidad.

—along with George! George held on tightly. He saw the man with the yellow hat as the truck drove away, but the truck was going too fast. George could not jump off. He was scared, but still a little curious.

Poco después, el camión se detuvo frente a un hospital.
Jorge espió entre las ramas mientras los hombres entraban con el árbol.

Soon the truck stopped in front of a hospital.
George peeked out of the branches as the men carried his tree inside.

En el hospital había mucha gente.
Jorge saltó del árbol.

The hospital was a busy place.
George jumped out of the tree.

¡Había mucho para ver y hacer!
Jorge miró unas fotos interesantes.

There was lots here to see and do!
He looked at some interesting pictures.

Encontró una chaqueta y se la puso.
He found a jacket and tried it on.

Jugó en un trampolín.
He played on a trampoline.

Y hasta dio un paseo en un carrito, a toda velocidad. ¡Qué divertido!
He even went for a ride on a speedy little cart. What fun!

Después, Jorge vio algo *muy* interesante. ¡Su árbol!

Jorge sabía que los árboles de Navidad debían tener guirnaldas, luces que titilan y adornos brillantes. Pero este árbol estaba vacío.

Jorge pensó y pensó... y al final se le ocurrió algo.

Then George spotted something *very* interesting. His tree!

George knew that Christmas trees were supposed to have tinsel and twinkling lights and shiny ornaments. But this tree was empty.

George thought and thought—and then he had an idea.

Luego, Jorge vio una pila de regalos en un rincón de la sala.

Los regalos eran bonitos. Pero Jorge sintió curiosidad. ¿Podría hacer que fueran aun más bonitos?

Este lazo rojo quedaría mucho mejor en la caja verde. Y las tarjetas estarían más lindas en cajas diferentes.

Next George noticed a pile of gifts in the corner of the room.

The gifts looked pretty. But George was curious. Could he make them look even prettier?

This red bow would look much better on the green box. And the nametags might look nicer on different packages, too . . .

Una enfermera entró... ¿y qué vio? —¡Un mono! ¡Y está haciendo un desastre!

A nurse arrived, and what did she see? "A monkey! And he's making a big mess!"

Un grupo de niños se juntó alrededor de la enfermera. Todos eran pacientes del hospital. Aunque faltaba muy poco para Navidad, los niños no sonreían ni parecían felices.

—¡Ven aquí! —dijo la enfermera, agarrando a Jorge—. Mejor te saco antes de que hagas más desastres.

A group of children crowded around the nurse. They were all patients at the hospital. Even though it was almost Christmas, the children were not smiling or looking happy.

"Come along," the nurse said, picking George up. "I'd better get you out of here before you can ruin anything else."

Una niña que tenía un yeso vio el árbol de Jorge. De repente, soltó una risita.
—¡Miren! —dijo—. ¡Son mis radiografías!

Otro niño rió. —Y ahí está el globo de mi habitación.

Todos los niños empezaron a charlar y a reírse, mientras miraban las divertidas decoraciones de Jorge.

A girl with a cast stared at George's tree. Suddenly she giggled. "Look," she said. "It's my x-ray!"

A boy laughed. "And there's the balloon from my room."

All the children started chattering and laughing as they looked at George's funny decorations.

—¿Se puede quedar el monito en la fiesta? —le preguntó un niño a la enfermera—. Lo que pasó con los regalos no nos importa. Va a ser divertido ordenarlos.

—¡Por favor! ¡Déjelo quedarse! —pidieron a gritos los demás niños.

"Can't he stay for the party?" a boy asked the nurse. "We don't mind about the gifts. It will be fun to sort them out."

"Please let him stay! Please!" the other children chimed in.

Cuando la enfermera vio lo felices que estaban los niños, ella también se puso contenta.
—Supongo que se puede quedar —dijo—. ¡SOLAMENTE si promete que ayudará a arreglar el árbol

When she saw how happy the children looked, the nurse looked happier, too.
"I suppose he can stay," she said. "IF he promises to help fix the tree!"

Jorge estaba feliz de ayudar. Los niños también ayudaban. Algunos devolvían las decoraciones de Jorge, y otros le daban adornos de verdad. Jorge correteaba hacia arriba y hacia abajo, poniendo luces y colgando guirnaldas. Como era un mono, era perfecto para hacer esas cosas.

Tambien era bueno haciendo reír a los niños.

George was happy to help. The children helped, too. Some of them returned George's decorations, while others handed George the real ornaments. He scampered up and down, stringing lights and hanging tinsel. Being a monkey, he was good at that sort of thing.

He was also good at making the children laugh.

Cuando terminaron de armar el árbol, Jorge ayudó a abrir los regalos. Se estaba divirtiendo tanto que se olvidó por completo de que se había perdido...

When the tree was finished, George helped open the gifts. He was having such a good time that he completely forgot he was lost . . .

hasta que el señor del sombrero amarillo entró corriendo en la sala.

—¡Jorge! ¡Aquí estás! —gritó—. Seguí aquel camión hasta aquí.

Jorge estaba muy feliz de reunirse con su amigo. La enfermera los invitó a quedarse y a merendar leche con galletas.

. . . until the man with the yellow hat hurried into the room. "There you are, George!" he cried. "I followed that truck all the way here."

George was very happy to be reunited with his friend. The nurse invited them both to stay for milk and cookies.

—¡Jo, jo, jo! ¿Alguien dijo leche con galletas?
Un hombre de traje rojo entró en la sala, moviendo la barriga. En la mano tenía una hermosa estrella dorada.

"Ho ho ho! Did someone mention milk and cookies?"
A man in a red suit walked into the room, his belly jiggling. He was holding a beautiful golden star.

Jorge abrió los ojos. ¡Era Santa Claus!
—¿Quién quiere poner la estrella en la punta del árbol? —preguntó Santa.
—¡Jorge! —gritaron todos los niños al mismo tiempo—. ¡Que lo haga Jorge!

George's eyes widened. It was Santa Claus!
"Who would like to put the star on top of the tree?" Santa asked.
"George!" the children cried at once. "Let George do it!"

Jorge trepó rápidamente al árbol por última vez. Y puso la estrella dorada con mucho cuidado.

George scurried up the tree one last time. He put the golden star in place carefully.

¡FELIZ NAVIDAD, JORGE EL CURIOSO!
MERRY CHRISTMAS, CURIOUS GEORGE!